진흙소를 타고

진흙소를 타고

최승호 시집

민음의 시 8

민음사

自序

북어가 나를 향해서 "너도 북어지 너도 북어지" 하고 포효하기 시작한 것은 그러니까 6,7년 전 사북에서의 일이다. 그 무렵은 연탄광에서 허깨비 부처를 볼 정도로(다음날 아침에 보니 부처는 누런 가마니때기였다.) 정신적·육체적으로 피폐한 상태에 있었지만 오히려 시는 절실했고, 시에 어느 정도 해학이 싹트고 있었다.

나는 그때 초조한 반응의 흔적들을 백지 위에 남기면서 「북어」를 통해 삶의 허망함과 인간을 화석화시키는 현대적 상황에 대한 나름대로의 절규를, 시원스럽게 마음껏 토했던 것 같지는 않다. 이번에 시집 원고를 정리하면서 느낀 것 중의 하나는 그 '사북의 북어' 가 아직도 내 뇌 속에 버젓이 살아 있으며, 서울에 와서 자꾸 자라나서 이제 젖니쯤 돋아난 것이 아닌가 하는 점이다. 그러나 북어가 입만 크게 벌렸지 무엇을 물겠는가, 또 이빨은 까칠까칠하기만 했지 작고 작아서 사실은 무용지물이 아닌지 모르겠다.

혼탁한 세상, 진흙을 뒤집어쓰고 허물어져 가도 자유롭게…… 이 세 번째 시집은 그러한 발걸음의 흔적일 것이다.

1987년 봄, 신림동에서
최승호

차례

에스컬레이터

우리가 죽음에 인도되는 건 공짜이다.
부채가 큰 부자이거나
부채도 없이 가난한 사람이거나
천천히 혹은 빠르게 죽음에 인도되기까지
올라가고 또 내려오며
펼쳐지고 다시 접히는 계단들.
우리가 죽음에 인도되는 건 공짜이다.
모자를 쓰고 우산을 든
궁둥이가 큰 바지 입은 사람의 뒷모습을
밑에서 쳐다보거나
고개 돌려 저 밑 계단의 태아들을 굽어보거나
우리가 죽음에 인도되는 건 공짜이다.
서두를 게 하나 없다 저승 열차는
늦는 법이 없다, 막차가 없다.

무인칭의 죽음

뒷간에서 애를 낳고
애가 울자 애가 무서워서
얼른 얼굴을 손으로 덮어 죽인 미혼모가
고발하고 손가락질하는 동네 사람들 곁을 떠나
이제는 큰 망치 든
안짱다리 늙은 판사 앞으로 가고 있다

그 죽은 핏덩어리를
뭐라고 불러야 서기가 받아쓰겠는지
나오자마자 몸 나온 줄 모르고 죽었으니
생일이 바로 기일(忌日)이다
변기통에 붉은
울음뿐인 생애,
혹 살았더라면 큰 도적이나 대시인이 되었을지
그 누구도 점칠 수 없는

그러나 치욕적인 시 한 편 안 쓰고 깨끗이 갔다
세발자전거 한 번 못 타고
피라미 한 마리 안 죽이고 갔다.
단 석 줄의 묘비명으로 그 핏덩어리를 기념하자

거기에서 떨어져
변기통에 울다가
거기에 잠들었다.

무인칭 대 무인칭

무덤 속의 무인칭들은 갈수록 썩으면서
끙끙거리기는 하지만
밖으로 기어나갈 엄두를 내지 못한다.
누가 나갔다가 '아 난 풀려났어, 혼 나갈 뻔했지'
그리곤 무덤으로 들어온다.
울타리들이 무덤을 뻥 둘러싸고 행진하고 있다
울타리 너머에 또 울타리들이 넓게도 행진하고 있고
울타리 너머 울타리, 그 너머 울타리들이 씩씩하게 행
진하고 있다
발효하는 시체의 냄새, 아내는 설겆이 통 속의 그릇들
을 씻고 있고
남편은 이리 뒤적 저리 뒤적 신문을 방바닥에 펼쳐 놓고
숨은그림찾기를 하고 있다. 국어 책을 큰 목소리로 읽는
아들의 발성 연습, 딸애의 가계부 정리, 산수를 잘 해
야지,
텔레비전에선 뉴스 시간에 복권 당첨 번호를 보도한다.
발효하는 시체의 냄새 속에 이렇게
모범 가정이 무덤 속에 여러 개의 관처럼 많을 줄이야.

조서

조서 없는 그대를 위해 나는 조서를 쓴다

긴 바다뱀들이 지나가며 그대 부드러운 머리칼을 흔들고
바다의 포크레인인 노란 게들이 그대 살 한 점 집게발
로 들어 본다

조서 없는 그대를 위해 타자기 앞에서 나는 조서를 쓴다
누구를 위한 조서인지도 모르는 채, 다만 그대의 죽음이
우리가 훔쳐 읽어야 할 암호이며, 그대 세계 전부의 죽
음인 것을

이렇게 눈 뜨고도 눈이 먼 채, 커다란 미궁 속 그대를
위해 나는 조서를 쓴다
들어갈 수 없는 심연 밑바닥에 누워 있는 그대를 위해

어느 정신병자의 고독

그는 밖으로 나갈 때 방 안에서 문을 노크한다. 보다 넓게 폐쇄된 공간으로, 열리는 문을 그는 보는 것이다. 세상으로부터 소외된 자, 노크할 권리 있는 존재, 즉 인간임을 주장하기 위해 그는 노크한다. 그러나 과연 아귀 지옥에서도 살아 남은 사람들과 원만하게 어울릴 수 있는지를 그는 늘 걱정하고 복면을 쓴 사람들을 두려워한다. 그는 너무 착하다. 남에게 조금도 해 끼치지 않으려고, 그는 문을 벽으로 만들어 놓고 똑, 똑, 똑, 섬세하게, 문을 노크한다. 그러니까 그는 밖으로 나가는 법이 없다. 그는 그렇게 혼자, 자물통 속 정신병원에서 죽어간다.

무인칭 시대

번호를 부르면 '네' 하고 대답하는
늙은 죄수,
사형수는 사형집행관을 보지 못한다.
주민등록증을 걸으면서 시작되는
예비군 훈련,
구관조 학교의 구관조들은
교장 선생의 말을 흉내내다
새장 속으로 팔려 간다.
쇠똥 더미 속에서 공을 만들어
앞에서 끌고
뒤에서 미는
쇠똥구리들,
모든 상품들은 노동자를
기억하지 않는다. 자동판매기가
고무호스로, 밑을 대주는 종이컵들을 윤간하고 있다.
창녀들은 포주의 뱃속에서
밥을 빌어먹는다.
부패가 심한 나체의 변시체,
부상하는 잠수함 속의 군인들,
한때는 저들도 태아였다니.

낙태의 올챙이들이
쓰레기통에 머리를 처박고,
공동묘지를 미는 불도저에
허옇게 드러나는 턱뼈들이
여기에 셋, 저기에 넷.
신에게서
신이라는 이름딱지를
떼어 버리고, 보라.

호떡

중국식 떡들은 둥글게 이어지는데 나만 늙었다
둥근 달이 뿌리는 달빛 한결같은데 나만 변했다
오늘도 떡판에 붙어 있는 내 얼굴, 뒤돌아보면
호인(胡人)들이 말을 타고 먼지 없이 북적거린다

꿈의 다리

꿈의 다리를 건너오는 사람들
꿈의 다리를 건너가는 사람들
그리고 다시 돌아오는 자전거

꿈의 다리를 건너가는 사람들
꿈의 다리를 건너오는 사람들
그리고 강물의 깜장 물잠자리들

꿈의 다리를 건너오는 사람들과
꿈의 다리를 건너가는 사람들이
서로 잠 깨우지 않고

모른 채 지나간다

입이 귀까지 찢어진 채

입이 귀까지 찢어진 채 으하하하 크게 웃으니까
입이 귀까지 찢어진 채 으하하하 크게 웃으니까
당신은 길게 찢어진 입 너머 허공의 빛깔을 보아 두세요
입이 귀까지 찢어진 채 으하하하 크게 웃으니까
입이 귀까지 찢어진 채 으하하하 크게 웃으니까
당신은 길게 찢어진 입 너머 허공의 침묵을 들어 두세요

셋방살이 개

집주인은 짖는 소리가 참 듣기 싫은 모양이다.
개가 짖는 것도 도둑을 지키고 집을 지키고
사람을 지키겠다는 나름대로의 의지인데
집주인은 교회에 다니면서 보신탕이나 끓여 먹자고
개가 짖을 때면 농담 아닌 진담을 한다.
셋방살이 개는 짖을 때마다 털이개로 까만 콧등을 맞
는다.
아프지 않게, 시늉으로, 주둥이의 먼지들을 털어 주는
것이다.

갈대꽃

이제는 늙어 사창가에서도 쫓겨난 이후
같이 늙어 가는 사내들에게 낡아 빠진 몸을 팔려고
공산(空山)을 쏘다니는 들병이는 들여우 털을 뒤집어
썼네
달밤에 헌 담요 펴고, 흰 종이컵에 소주 따르며
쥐포를 뜯는다, 들병이, 그 혼자 센 머리에 갈대꽃
을......

쓰레기 청소부 마씨

쓰레기 청소부 늙은 마씨는 쓰레기를 뒤집어쓴 채
늙은 말 같은 삶에도 투레질하지 않고
그래서 성자다운 삶, 쓰레기 청소부 늙은 마씨는
왜 허구헌 날 이렇게 남이 버린 쓰레기더미에 처박혀서
몸을 더럽히고 그 팔자가 대체 뭐냐고, 마누라 마구니
에게
구박 받지만 대꾸하지 않고 빙긋이 웃어서 바보같지만
그 일엔 죄의식이 없다, 아무런 죄의식이 없다, 마보살
이여

부패의 힘

뚱뚱한 쥐가 더욱 뚱뚱해지고
뚱뚱한 쥐가 뚱뚱한 쥐새끼들에게
너희들도 뚱뚱해져야 한다고 자꾸 처먹인다
뚱뚱한 쥐 눈에는 뚱뚱한 쥐의 행복만 보이니까
싸워서라도 뚱뚱해져야 한다고 뚱뚱한 쥐들이
서로 잡아먹으며 뚱뚱해지고 놀랍게 뚱뚱해지고
이만하면 투실투실한 게 남 보기에도 뚱뚱한데
또 뚱뚱해져야겠다고 잡아먹고 잡아먹어서 얼씨구
이러다간 큰 쥐 한 마리 내지 뚱뚱한 쥐 가족만 살아남
겠네

노래하는 땃쥐

우리는 노래하는 땃쥐들, 태평가를 부르지.
풍성한 시체의 한 해야, 추수철이 안 된 시체가
왜 이렇게 자꾸 공짜로 넘어오는지.
강 건너 지옥의 불빛, 우리는 노래하는, 저승의 땃쥐들,
자연사 아닌 이상한 시체엔 주둥이를 안 대지.
거들떠보지도 않지, 풋내기 시체들이란
죽어서도 슬픔의 냄새가 지독하니까. 우리의 태평가가
저 강 건너 도살업자들의 시장에 들리는지 안 들리는지
이렇게까지 푸짐하지 않아도, 자연사만으로도 우리는
태평성댄데.

나비떼

번데기 한 마리가 변신 중에 변시체가 되면
번데기 세 마리가 변신 중에 변시체가 되고
번데기 한 가마니가 변신 중에 변시체가 되는
이러한 법칙을 사람들을 잘 알고 있어야 한다.
우화(羽化)의 길 위에서 통째로 삶아져
나체로, 침묵으로, 움츠린 몸뚱이로
항거하는 번데기 통조림 속의 나비떼, 나비떼!

아우슈비츠

옷을 다 벗기고, 알몸뚱이만 남게 한다, 들어간다, 뒤에서 문 잠그는 소리, 누가 기도한다, 다시는 부르지 않을 신이여, 다시 살고 싶은 생각도 없으니, 이 지옥에서의 마지막 고통이, 거듭되지 않게, 길지 않게, 가능한 한 눈 깜짝할 사이에, 얼른 죽이는, 자비를, 저들이 베풀도록 도와주소서.

무인칭을 위한 회전문

나간다
들어온다
(우산을 들고)
들어왔다
나간다
(가방을 들고)
들락
날락
바람이 껑충 뛰어든다
나갔다
들어온다
빗방울이 몇 개
바닥에 떨어진다
(교접의 횟수는)
나간다
들어온다
빈 손으로
나가서
들어오지
않는다

창세기 이전에

태초에······
나는 태초보다는 그 이전이 궁금한 사람이어서
창세기 앞의
백지를 들여다본다

백지가 이렇게 넓고
깊을 줄이야
언어의 잎사귀들을 흩뿌리고 또 뿌려도
바닥이 없어
까마득하다

바가지

보름달을 임신한 박이 배가 둥글고
흰 달빛을 지붕에 환히 뿌리고 있다
바가지에 맑은 물 떠 마시고 싶다, 입 씻고 싶다.

개들의 결합

개 두 마리 궁둥이를 맞대고 버젓이 쌍붙어 있다
엽전과 화살촉의 결합이, 무쇠강아지들을 낳으려는지
개 두 마리 궁둥이를 맞대고 지루하게 쌍붙어 있다
한 머리는 길 건너 은행을 쳐다보며 침을 흘리고
또 한 머리는 대장간을 바라보며 걸쭉하게 침을 흘린다

텅텅 열려 있다

생각은 짚을 데 없는 바닥으로 내려가고
바닥이 보이면 바닥을 뚫고 그 밑바닥으로 내려가고
가는 데마다 텅텅 열려 있고 사방이 다 고요하게 비어
있는
그런 세계와 만난다. 거꾸로 생각이 가는 것인지
옆으로 생각이 가는 것인지, 북북서에도 남남동에도
아무것도 없고 아무것도 없어서 방황을 하고
이렇게 빨간 먼지 한 점 없을 줄이야, 잘못 들어왔다
싶어
생각은 머물고 싶지만 머물 데가 없고, 의지할 풀 한
포기 없어
방황을 하고 또 방황을 하고, 위로 생각이 가는 것인지
밑으로 생각이 가는 것인지, 해와 달도 여기엔 없으니
알 수가 없고, 가는 데마다 고요하게 비어 있고
가는 데마다 텅텅 열려 있어서 시원하기는 하지만
쉴 곳이 없어 이제 생각을 거둘 터이니
이 시를 무너뜨리고 뭐가 남는지
보거나 말거나

기차의 고집

1

바람 센 철둑길의 달맞이꽃들은
저마다 엷은 금빛 등불들을 밝혀 들고 휘청거리며
보름달을 향해 멀리 높이 키 크고 있다

기차가 쏜살같이 지나가며 달맞이꽃의 목이 몇 개 부러
진다

2

난 철길이 싫다 그 찌들고 절여진 피 냄새 때문에
살 껍질이 삼십 미터나 널린 추억 때문에
난 기차도 싫다 기차엔
표정이 없다 무뚝뚝하고 힘센 고집만이 있을 뿐

기차의 고집은 철길에의 고집이다 피를 무릅쓴
철길에의 고집

기차가 총알같이 지나가며 염소의 몸뚱이가 나뒹군다

봄

톱 자국 위로, 한 사발쯤의 풀이 푸르러 있다.
알몸뚱이 그것도 토막 난, 거기 부얼부얼한 거웃을
보는 것 같다, 괴짜인 봄, 기계들이 목 치는 거리에 봄
이 왔다고
다친 나무에 부드러운 숨결 불어넣어, 해괴망측한 풍경
속으로
고물 자전거 페달 밟으며 중국집 아이가
부얼부얼한 우동 한 그릇 어깨 위에 들고 간다.

비가 낙지하여

비가 낙지하여, 거리에 낙지 발들이 미ㄲ럽고
비가 낙지하여, 거품의 눈알들이 떠다닌다.
비가 낙지하여, 나무들의 머리채가 생기를 띠고
비가 낙지돼도, 나에겐 아무런 일이 없구나.
비닐우산 하나 들고, 집으로 가는 버스 오기를 기다
릴 뿐.

넙치인지 낙타인지

눈에 띄면 상어가 다가오니까
우리는 바다 밑바닥에 안 보이게 엎드린다
내 잔등의 진흙 빛 얼룩무늬
그리고 네 잔등의 점박이 모래무늬
엎드려서 진흙만 보고 있으면 위험하니까
그래서 우리는 두 누깔이 다 뒤통수로 옮겨 가 붙어
있지
햇살의 하프인지 멸치떼인지, 라디오에선 뉴스의 광장이
흘러나오고, 모두들 보호색을 띠고 안 보이는 보통날
전삼삼 후삼삼(前三三 後三三) 경찰견이 스핑크스 되어
우뚝
사막을 지키고 있고, 낙타들이 사막에 안 보이게 엎드
린다.
누가 등을 밟고 지나가도 난 가만히 참지, 참을성이 낙
타니까.
언제까지 난 엎드려, 사막에 배를 대고 있어야 하는
걸까,
언제까지 넌 엎드려, 진흙입네 하고 있어야 하는 걸까.

거미줄

아직도 나는 거미가 왜, 끈적한 거미줄에 걸리지 않는지
이해 못하고 있다. 이해할 수 없는 법이 불법(佛法)이
고 불법(不法)이다.
커브를 튼다. 택시들이, 자전거들이 거미줄을 타고
굴러간다. 교통순경은 눈에 안 띄는 곳에서 다 보고
있다.

등이 거미줄에 붙은 날벌레들, 허공 쪽으로 발을 내밀며
구원을 요청하고 있다, 구원을 미끼로 등 쳐먹는 자들
에 대한
나의 구원(舊怨). 오늘은 또 누가 걸려들었나 보자, 처
마 밑에서
궁둥이가 큰 거미가, 거드름을 피우며 천천히 내려온다.

껑충 뛰듯이, 거미줄 전체를 한번 흔들어 보는,
큰 거미, 해가 거미줄을 녹일 듯이 뜨겁게 진다.
내일은 아마, 눈에 해 뜨지 않는 자들이 꽤 있을 거야,
어기적거리며, 궁둥이가 큰 거미가, 처마 밑으로 천천
히 올라간다.

뒤바뀐 것

트럭에 깔려 걸레가 된 비둘기들, 조계사 근처에 많다.

비둘기 다리, 그 사이로 트럭들이
굴러가는 나라에 내 펜대를 높이 세워야겠다.

모자를 주워 쓰려고 길 한복판에 피 뿌리다니!
잘못 배워도 많이 잘못 배웠다.

모자는 지푸라기, 먼지뿐인데……

첫번째 자루

내 몸에 구멍 나기 전의 일을 내가 어떻게 알 수가
있나.

두 귀 막으면 몸 안에서 훨훨 불타는 소리, 눈을 감으
면 캄캄하고 코 막히면 입으로 숨을 쉰다.

그러니 구멍들을 막지 말아다오, 뜨겁고 답답해서 죽
겠다.

어제보다 오늘이, 더 답답하고, 노끈이 목을 조르는지

숨소리가 갈수록 가빠진다. 어떤 날은 헉헉, 또 어떤
날에는

2분의 1의 호흡. 내 머리는 개 목덜미가 아니니

움켜쥐고 끌지 말고, 발로 밟지도 차지도 말고

길 가다가 나 같은 자루 만나거든 수렁에서 꺼내 시원
한 들판에 놓아다오.

두번째 자루

이쪽을 누르시는군요 저쪽이 튀어나오옵니다 보세요 이 길
고 물렁물렁한 자루는 건드릴수록 보아구렁이처럼 꿈틀댑
니다 제발 가만히 좀 내버려 두세요 계속 그렇게 뭉개고
찌르며 들쑤시면 이 자루는 울부짖으며 일어나 당신 몸을
휘감고 삼켜 버려요

윤회를 위한 회전문

꼬부라진 태아들이
비린내를 풍기며
이 문으로 감쪽같이 들어오고

꾸부정한 늙은이들이
퀴퀴한 냄새를 풍기면서
이 문을 거짓말처럼 빠져나간다

덧없으니까 비워 둔
누군가의 삶
거기도 덧없으니까 비워둔 내세

그렇다면 회전문을
들락날락
흩어지는

구름떼

사다리 위의 움직임

모자가
있다, 그 밑에 엉겨 붙어
기를 쓰고 악을 쓴다, 신음 소리,
밑에서 흐느끼는, 입 막는 구두 밑창,
진흙이 발라진다, 하나의 발이 하나의
머리통을 찬다, 뒤로 젖혀졌다가 다시
앞으로 수그러지는, 나뭇가지 꺾인 듯한 머리,
위에 있는 다리를, 꽉 붙잡고 놓지 않으려는 손,
그걸 또 떼어 내려고 애쓰는 손, 품위가 떨어진다,
악해지고 약해진다. 돈이 무극(無極)을 향해 위에서
돈다, 큰 모자에 큰 돈, 사면발니를 서로 나눠
거웃에 길러야 해, 가려워도 서로 그래서 죽이 맞는다
투견을 열 마리쯤 기르고 싶다, 주위에 아무도 접근 못
하게.
허공에서 보면 모든 머리는, 거꾸로 허공에 박혀 있는데
어떻게 떨어지지 않고 엉겨 붙어 있는 것인지,
사다리, 위에 아무것도 없고, 밑에 아무것도 없고,
고개를 내밀어 봐야, 사방에 아무것도, 아무것도 없는
사다리

대낮

콸콸콸 철관에서 폐수의 폭포가 힘차게 쏟아지고, 부글부글 거품의 소용돌이에 죽은 시궁쥐가 뜬다. 대낮의 장엄한 소용돌이, 도시 한복판으로 검은 기관차가 무개차들을 끌고 지나가고, 살아남은 태아들이 철둑길에 나와 깔깔깔거리며 놀고 있다. 산보다 높은 공장 굴뚝들, 굴뚝새는 이 여름 고산목에서, 잎사귀들의 푸른 그림자가 층층이, 쌓여도 맑기만 한 물 속, 산천어 들여다보고 있을까.

용두사미

내 꼬리는 늘 죽음이어서
아스팔트 길로, 지하철로, 종로로
공인회계사 건물로 도주하다가도 어느 날 뒤돌아보면
꼬리도 어느새 바짝 따라와 있고

죽음은 늘, 나와 같은 나이, 같은 생일

진흙을 뒤집어쓴 용 머리가 크게 울부짖는다
결국 죽음인 앞을 향해서
온 몸뚱이를 다 삼켜 버릴 앞을 향해서

이오네스코의 개구리

그는 머리 잘린 개구리들을 뛰게 한다
펄쩍, 펄쩍
목 없는 모가지들이 사방에 피를 흘리며
길 없는 길 위에
고꾸라진다

머리 깨진 기차를 타고
사람들은 즐거워하며 어디로 가는 것일까

잘린 머리의 눈들이
멀뚱하니
서로를 쳐다본다

?

이게 뭐야
지도 없는 사해(死海)에서 기어나와
고해(苦海)로 걸어 나오는 저 태아 같은 것
해마 같기도 하고
궁둥이에 똥 한 조각 달린 사람 같기도 하고
뭐라고 말하기가 뭣하다 무인칭 시대니까
무인칭이 존재하기 시작한다
신도 이제는 무인칭
이름 부르지 않는 편이 훨씬 신에 가깝다
무인칭에 뒤섞이는 무인칭
걸어간다, 톱니바퀴 사이로, 찌그러지면서
나이가 든다, 더러운 조각들이 매달리면서, 무거워지
면서
당하고, 망가지면서, 걸어간다, 달라붙는 거품들을 떼
어 내려고, 허우적거리면서 다시 사해로
고해에서 그렇게 발버둥쳤건만 다시 사해로

꽁한 인간 혹은 변기의 생

나에게서 인간이란 이름이
떨어져 나간 지 이미 오래
이제 나는 아무것도 아니다
흩어지면 여럿이고
뭉쳐져 있어 하나인 나는
이제 아무것도 아니다
왜 날 이렇게 만들어 놨어
난 널 해치지 않았는데
왜 날 이렇게 똥덩이같이
만들어 놨어, 그러고도 넌 모자라
자꾸 내 몸을 휘젓고 있지
조금씩 떠밀려 가는 이 느낌
이제 나는 하찮고 더럽다
흩어지는 내 조각들 보면서
끈적하게 붙어 있으려 해도
이렇게 강제로 떠밀려 가는
변기의 생, 이제 나는
내가 아니다 내가 아니다

지옥의 기계들

잠잠해도 한 아픔이 오래 간다.
망치로 때리는 소리, 복수심에 싹이 튼다.
다시 망치로 때리는 소리, 표정을 잃어 간다.
쇠에 닳아 지문이
없어진다. 푸줏간 주인이 살점을 떼어 먹어도
너무 떼어 먹는다. 깡패가 전면에 나타난, 신문
활자들이 납 냄새를 풍기며 전국시대로 가고 있다.
발이 짤리면 발목으로 딛고 출근할 생각이라고
그런데도 행복은 가야할 곳으로 가지 않고 엉뚱하게
북적거린다. 먼지를 뒤집어쓰고, 쿨룩쿨룩

까마귀

저 내 영혼의 보초가
꺼멓게
죽은 나무 꼭대기에 앉아
짖어댄다.
발바닥 붙일 데 없이 넓기만 한 하늘,
오늘은 또 누가 재수없게
개 되어 죽으려나
끄악!
소리는
외롭다.

머릿속의 북구

이렇게 계속 어두워서야
지겨워서 이렇게는 더 못 살겠다고
컴컴지랄병을 앓는 개들이
늑대로 변신하며 집구석에서 뛰어나간다.
황량한 밤의 벌판
사냥꾼들이 신나게 스키를 타며
엽총으로 나를 겨누고
나의 늑대들이 음울한 개로 변신하며 모두 돌아와
머리를 털 속에 깊이
파묻고 긴 겨울 내내 앓고 있다

꿈속의 변기선

노 젓지 않아도 변기선(便器船)을 타면, 누구나 찜찜해지고
입을 가리고 구토하는
시늉을 하다 구토를 한다.

왜 이리 배가 흔들흔들하는지, 머리와 꼬리가 똑같아서
변기선(便器禪)을 타면 나아가는 건지 물러나는 건지
알 수가 없어

초조해지고 불안해진다. 꿈이 흘러가도 꿈이 흘러가는
줄 모르고
웬 바다엔 구토물만 떠서 어디론가 흘러가냐고

변기선(便器仙)에선 내일 배가 뒤집혀도
천년은 훨씬 넘게 살 것 같이 희망을 품어 보고

변기선을 뒤집어라 뒤집어, 네가 탄 그 변기선 말야!
이렇게 물살이 소리치고 암초에 변기선이 박살이 나면

나는 꿈에서 깰까, 꿈을 깨도 또 꿈인데!

숨의 법

들이키고, 크게 들이킨 숨 절대로
내놓지 않겠다고 혼자 욕심 부리면
얼른 죽여 버리는 것이 숨의 법(法)이다.

장마 속의 달

미친 머리 먹구름, 누더기 먹구름을 헤치면서 맑은 전
라(全裸)의 달이
먹구름 뒤 허공을 훤히 비추며 가고 있다
그동안 질척하게 무명옷을 적셨으니
이제는 벗을 때도 되었다고

금빛의 달이

광이 차면 노름꾼들은 발광한다

병풍 뒤 관 속에서
송장이 썩으며 냄새를 풍기는 동안
화투판에 뜨는 비광 똥광 팔광을 먹으려고 눈독 들이며
우리나라 노름꾼들은
눈이 벌개진 채 광에 미쳐서
제 내장 썩는 줄도 모르고 하얗게 날밤들을 새고 있다

물질적 열반의 도시

삐그덕 삐그덕거리는 소리가 며칠째 내 몸 안에서
나기는 나는데 어디서 나는지 볼 수가 없다.
이 도시의 병을 내 몸이 함께 앓는 것일까,
마음이 뒤틀리고, 금이 가며, 흔들리는, 물질적 열반

풀에 대한 공포

침목과 침목 사이에 키 큰 풀들이 무성하다.
우유배달 아줌마가 끌차를 끌며 긴 골목을 돌아가고
기계충이 머리를 파먹은 까까머리 아이는 막대기로
굴렁쇠를 카랑카랑하게 굴리면서 오고 있다.
몇 시나 되었을까.
내 기억의 자리에서 김 뿜어 올리며 증기기관차 지나
갈 때
얼굴 없는 얼굴과 얼굴 사이에 키 큰 풀들이 자라난다.

외물

미인이 지나가면 난 잠시 나 자신을 잊어버린다.
원숭이를 어깨에 올리고, 그때 누가 지나갔는지
원숭이만 지나간 것 같고, 원숭이 어깨에 올린 사람
기억에 없다. 외물(外物)에 끌려 나를 잊고
허깨비 분신들을 늘어놓은 죄, 다음 생엔 아마
제 그림자에 날뛰는 성성이가 될 것이다.
나는 텔레비전을 보면서, 그대로 19인치의 눈이 된다.
가랑이를 벌리며 이리 뛰고 저리 뛰는
발광한 무용수들이, 얼마나 교태를 부리면서 붕 뜨는지
내 뒤에서 누가 뒤통수를 망치로 쳐도 모를 정도로 나 자신을
잊어버린다, 까맣게, 붕 뜬 채로!

야옹거리는 도시

참을성 더하기 커다란 의문의 도시에서
나는 야옹거리는 소리를 들었다.
못난 사람들이 엉성한 쥐이빨을 드러내며
목덜미의 털을 곤두세우고, 찍찍거리는 도시에서
굽은 등을 날쌔게 파먹는 사기꾼들,
반달칼 발톱이 쥐 가죽을 벗기고 있는 도시에서
나는 꼬리를 끊어 버린 쥐들을 보았다.
참을성 더하기 커다란 의문의 도시에서
내가 살기 위해 너를 죽이고
네가 살기 위해 나 죽이는 도시에서
나는 궁지에 몰린 사람들이 대담해지는 것을 보았다.
하늘이 두려움을 주기엔
이미 늦어 버린 도시에서, 나는 살 길을 가는 사람들을
보았다. 그들은 떨면서, 나름대로 쥐의 길을……
참을성 더하기 커다란 의문의 도시에서.

북어 이빨

내가 입 벌리고 울부짖는 소리 그대는 듣지 못하고
내가 죽음에 대해 전해 주는 말 그대는 알지 못한다
아무래도 내 이빨은 살 물어뜯는 거대한 톱니들 앞에
엉성하게 뾰족한 잔니들뿐이고
마른 살가죽에 먹빛 그물 무늬 문신 뒤집어쓰고 입 딱
벌린 채
한번 죽어 허공을 토해 내니
이제 입을 더 크게 찢은들 그게 어디 내 입일까
두 눈알 빼낸들 그게 내 눈일까

무인칭들의 대화

——당신은 누구요?

——나도 몰라.

——그럼 당신은, 당신이 당신을 알 수 없다는 것을 알고서 대답했나요, 아니면 당신이 당신 자신을 알 수 없다는 것을 모르는 채 대답했나요?

동굴 속 장님고기들이

하나, 둘, 셋, 넷 고요를

깨뜨리지 않으면서 숨 쉬고 있다

붉은 뺨

왜그런짓을했는지
그짓을하고후회를하고
금방또그짓을한다
무명(無明)을벗을날이없구나
졸참나무그늘에앉아
푸른나뭇잎한쪽으로
붉은뺨한쪽가리고
대속(代贖)의울음울고있는
붉은뺨멧새한마리

장의의 일주일

일요일, 주인공을 먼 데다가 내다버리고
돌아오는 장의차 안의 글썽한 눈들.
수요일, 주인공을 가까운 데 내다버리고
돌아오는 장의차 안에 붉어진 눈들.
화요일, 주인공을 불 속에 던져 버리고
돌아오는 장의차 안에 붉은 눈들.
목요일, 주인공을 흙구덩이에 묻어 버리고
돌아오는 장의차 안에 진흙빛 눈들.
금요일, 주인공의 재를 강가에서 뿌려 버리고
돌아오는 장의차 안에 젖은 눈들.
월요일, 장의차 운전수가 죽어 주인공이 되니
돌아오는 장의차 안에 이승의 엑스트라들 눈이 붉다
토요일, 새로 온 장의차 운전수는 콧수염이 새파랗다,
새파랗지 않다.

쥐며느리

화려한 더러움과 음란함으로
너와 나를 물들이는 도시에서
나는 우글거리는 쥐며느리들을 본다
힘 넘치는 세월의 구박에 찌들리고 공포에 질려
꼴 흉칙하게 움츠러든 거지 노파,
등을 잔뜩 구부리고
쓰레기 더미에 파고드는 쥐며느리를.
썩은 내 달콤한 거리에
늦도록 기웃대는 뚜쟁이들과
익숙한 매음굴에 우글거리는 핼쑥한 창녀들,
빌어먹을 오랜 안간힘과 후회 뒤에
우리를 편히 쉬게 하는 것은 죽음이다
굶주림 끝없는 벌레들,
죽어서는 털 난 바가지 모양 누워
부패에 절여진 뱃가죽을 뻔뻔스럽게 드러내는
쥐며느리, 그 가난한 뱃가죽 위에
펼쳐지는 허공을
잊었던 아름다운 고향이라고 말하고 싶다

낙지

머리와 발만으로 움직이는
횟집 낙지들과 더불어
큰 불투명의 도시에서 살았다
끊어진 낙지 발들이 눈알도 없이
저마다 살겠다고
한 접시 위에 꿈틀거리는
모두 자기 속 채우기 바쁜 도시에서
자잘한 흡반들이 거대한 흡반 속으로
빨려 들어가는 줄도 모르고
우환에 속 썩으며 속으로 이글거리고
큰 물결에 흐느적거렸다
두족류!
가슴이 가늘어지는
도시에서 살았다
머리에 우주적인 발은 달렸지만
경쾌한 삶은 아니라고
머릿속이 갈수록 터질 듯한 미궁이라고
무거운 머리통이 수그러지는 밤엔
나를 둘러싼
거대한 죽음의 흡반이 끈적하게

침 흘리는 어둠을 바라보았다
우물쭈물 늙으면서 살았다
큰 불투명 속에서
솟아오르는
기계들의 바벨탑을 보면서

걸레

지나치게 쥐어짜는 대낮이 비틀거리고
(빨래판과 방망이 사이의 때 절은 뇌수 한 덩이)

시궁창에 버린 개에 검은 파리떼가 달라붙는다
(갈수록 뇌가 찢어지고 세계가 더러워진다)

비누에 붙어 있는 머리칼이 주는 섬세한 고통
(망치로 약간 찢어 놓은 붉은 꽃잎이 일찍 시들고)

지조를 팔아서 잡(雜)됨을 사는, 너절한 날들이 온다
(당신 하라는 대로 할게, 다 늙은 갈보가 이제는)

미스터 굿바 초콜렛을 포르노를 보며 빠는 날들
(한지에 사정하는 코카콜라 주둥이)

걸레는 한때 순일무잡(純一蕪雜) 흰 천이었다

세번째 자루

자루의 밑이 터지면서 쓰레기들이 흩어진다, 시원하다.
홀가분한 자루, 퀴퀴하게 쌓여서 썩던 것들이
묵은 것들이 저렇게 잡다하게 많았다니 믿기 어렵다.
위에도 큰 구멍, 밑에도 큰 구멍, 허공이 내 안에
있었구나. 껍데기를 던지면 바로 내가 큰 허공이지.

세번째 자루 — I

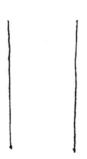

세번째 자루 — II

가마솥

가마솥 뚜껑 밑에
매달려 있는 긴 얼굴,
두려운 표정이다. 펄펄 끓는 물 위로
기름 뒤집어쓴 개 머리가 둥둥둥 떠다니고
밑바닥에는 개 다리들이 넓적하게
흐물흐물 익어 뼈에서 살이 떠나고 있다.
이 가마솥 안의 뜨거운 증기,
죽음 속에 몸 녹이려는 자에게 캄캄하게 젖어드는 물,
 다시 살아난다는 보장 없으니 이 가마솥 안으로 빠지지
말았으면.

대낮에 발가벗고

쓰레기 넘치는 개천가의 블록 집들은
삿갓조개 같은 희뿌연 지붕들을 뒤집어쓰고
궁한 살림엔 마음이라도 느긋하게 먹어야 하는데
그게 아닌지 아귀 굴이 여기라고
시끄럽게 아귀다툼을 벌인다

벌건 대낮에 야만인의 자식처럼
불타는 눈알 두 개 덜렁대는 불알 두 쪽의
발가벗은 아이는 진흙투성이 맨발로
좁은 골목에서 태양의 거리로
비명을 지르며 뛰어나온다

가엾게 생각해 줘요

달밤의 마당에서 아버지의 큰 발에
마구 짓밟히는 아이는
얼굴이 일그러져 입 벌린 채 말도 못하고

그래도 한잠 푹 자고 좀 나았는지
아침이면 참새떼 재잘거리는 미루나무길로
책가방을 메고 덜컹대며 학교로 온다

즐거운 작문 시간
타고난 불행을 노래해야 할
의무도 재주도 없는 아이는
오직 불행의 힘으로
연필에 침을 발라 가며

아버지는 새파란 도끼, 달, 홍수, 수박, 쥐

성질은 온순하나 복수심이 강한 노새처럼
찐한 글씨로 쓰고 있었다

단추

만약 몸에 구멍이 없었다면
나는 한낱
버둥거리는 자루였을 것이다

모습 없는 그에게 나는 감사한다
구멍들을 있는 그대로 맑게 열어
서로들 마음껏 교감하라고
구멍에 신통력을 준 조물주에게

그런데도 이 단추의 시대는
신이 준 구멍들을 막으려고
금욕의 지옥을 만들려고
눈동자에 단추를 밀어 넣는 중이다

귀에 단추를
입에 단추를
그리하여 콧구멍으로 연명하는 인간은
온몸에 주렁주렁 단추를 달고
말한다 말하지 못한다
나는 한낱 버둥거리는 자루이니
물표를 달아 현대미술관에 전시하라고

조롱 속에서

뒤를 앞으로 뛰듯 살아가는
어제를 내일로 살듯 뛰어가는
내 앞에서
쳇바퀴 굴리던 다람쥐는 죽어
나보다 먼저 조롱을 벗어난다

고무장갑이 끌어내는 뻣뻣한 시체

조롱이 쿡, 하고
웃지는 않지만
조롱은
조롱 속에 든 얼굴을
조롱하고 있고

구멍이 막힌 음경들처럼
낯설고
뻣뻣하게
나를 향해서
조용히 조용히 손을 펼치고
고무장갑은 다가온다

내일은 또 바퀴를 쓰고
뒤를 앞으로
뒤를 앞으로
고무장갑이 내 목을 끌고
조롱 밖으로
나갈 때까지
뒤를 앞으로

쥐 가죽 코트

물(物)에 빠진 쥐꼴인 영혼에게
쥐 가죽 코트를
입히자 영혼은 훌쩍훌쩍 울기 시작하고
천해 빠진 귀부인들이 비싼 쥐 가죽 코트라면 환장을
한다

속옷은 더러워도 겉옷은
화려한 타일의 도시

그 정신병자는
겉옷 위에 속옷을 껴입고도
자기는 절대로 안 미쳤다고 의사에게 우겨 대고

백년만년의 방황

사람들이 오래 살고는 싶어서
극락으로 천당으로 헌금 내며 다 몰려가면
여기엔
대자연의 풍광뿐이다
옛 기와집에 푸른 이끼
죽어 가던 강, 죽어 가던 산이 다 살아나면
그땐 고해(苦海) 없고 지옥 없는 여기가
바로 우리들이 원했던 그 땅이라고
변덕쟁이들 또 앞을 다투면서 우르르 몰려오겠다

대가족

관중들이 둥그렇게, 충층의 경기장을 만들었다
공터에 펄럭이는 빨간 천

투우사는 검은 소의 핏줄을 끊어 버리고
검은 소가 투우사의 심장에 긴 뿔을 박아 버린다

관중들을 충충이
품에 안은 채
하늘은 짐작도 못하고 있었으리라

배 다르지 않은 씩씩한 형제들이
공터에서 서로 죽이는 원수될 줄은

생각하는 사람

문득 가랑잎 밟으면 내 발바닥이 찢어지고
온 땅덩어리가 무너지고 하늘만 튼튼한 가을,
무너져 내릴 턱뼈를 한 손으로 받치고
아직 삶의 커브를 틀 시간은 있다
벤치에서도, 변기에서도, 무덤가에 엎드려서도
짚으로 엮은 사람이 아니라면 어디서나.

푸른 물기둥

물 오른 푸른 수양버들, 땅은 물기둥 뿜는 고래 등이다.
휘휘 늘어진 부드러운 가지들, 지구 덩어리와 함께 가
고 있고
지느러미 없이도 허공 헤치며 가는 소리
토끼 귀 있어도 듣지 못한다. 저 푸른 물기둥 가지에
날아와 앉는 새 몇 마리, 물 밑을 보면
그림자 푸른 버들잎과 새들이
겹쳐도 안 깨지며 섞이고 있다.

눈이 내려 흰 밤 되니

그동안 내 흔적은
잡목림을 쏘다닌 사족(蛇足)들이 아니었는지
눈이 내려
흰 밤 되니 흔적이 없다.

거대한 변기의 세계관

김현

빌어먹을 오랜 안간힘과 후회 뒤에
우리를 편히 쉬게 하는 것은 죽음이다   (3-64)

항아리에 머리를 거꾸로 박고 울부짖는 인간을
항아리가 선뜻 잡아먹지 않는 것처럼   (1-131)

  최승호의 시적 탐구는 갈수록 그 깊이를 더해 가고 있
다. 다소 낯설게 느껴졌던 그의 첫 시편들을 지금 다시
읽어 보면, 그것들에 그의 시의 씨앗들이 거의 다 뿌려져

---

* 일러두기 : 최승호는 세 권의 시집을 펴냈다. 1『대설주의보』(민음사,
  1983), 2『고슴도치의 마을』(문학과지성사, 1985), 3『진흙소를 타고』(민
  음사, 1987)다. 괄호 속 숫자는 시집과 시집의 쪽수를 나타낸다. (3-64)
  는 세 번째 시집의 64쪽이다.

있음을 알 수가 있다. 다른 사람들은 어떠했는지 알 수 없으나 적어도 나는 그의 첫 시들을 약간은 낯설게 받아들였다. 그 이유 중의 하나는 그의 시들이 비용, 보들레르, 첼란 등의 죽음의 시인들의 수사를 적당히 짜 맞춘 것이나 아닌가 하는 우려였고, 또 다른 하나는 그의 시편들에 무수하게 나오는 동물적 이미지들이 만든 이미지가 아닐까 하는 걱정이었다. 그의 시에 나오는 동물적 이미지들은 그것들이 흔히 갖게 마련인 동물의 공격성을 거의 갖고 있지 않았고, 그것들을 그의 내부에서 불러오는 충동은 그의 유년 시절의 추억들과 거의 연관되어 있지 않았다. 그렇다면 그것은, 멋으로 만든 것은 아닐까? 그러나 그 뒤에 나온 그의 시들은 그런 내 우려와 걱정이 쓸데없는 우려와 거정이라는 것을 분명하게 보여 주었다. 나는 이제 그가 1980년대가 낳은 아주 중요한 시인 중의 하나라고 굳게 믿고 있다.

그의 시의 충격적인 전언 중의 하나는 인간은 죽음을 향해 가는 똥자루에 불과하지만 그 인간을 노래하는 시는 쉽게 죽지 않는다는 것으로 요약될 수 있다. 그는 그 주제를 성급하게 내놓는 것이 아니라, 부패의 상상력이라고나 불러야 할 상상력의 도움으로 충격적인 이미지를 만들어 내놓는다. 그의 부패의 상상력은 인간의 육체가 죽음 앞에서 해체되어 가는 과정을 무서우리만큼 날카롭게 드러낸다. 어느 정도로 무서운가 하면 평화롭고 아름다운 서정시에 길든 눈으로 보면, 도무지 시 같아 보이지 않을 정도이다. 그가 첫 시들에서부터 그렇게 무섭게 죽음을 보여 준 것은 아니다. 첫 시들에서 암시되던 것들은 뒤의 시들에 깊이 있게 천착되고 탐구되어 그만의 하나의 독특한 세계를 이룬다.

그의 첫 시들에서 일반인들의 삶은 익명인들의 삶이라고 실존주의자들이 부른 삶이다. 그들의 미래는 "숨통이 막히는 긴 나날"(1-14)이며, 그들은 "배짱대로 하면 당장에 먹을 게 걱정되는 가족들" 때문에 할 수 없이 모든 것을 참고 사는(1-90) 소심한 망나니들이다. 그 망나니들의 종말은 죽음이며 어두운 밤이다. 시인이 살기를 바라는 삶은 물론 그 망나니의 삶이 아니다. 그가 살기를 바라는 삶은 삶이 어두운 밤이라 하더라도 "싱싱한 밤"(1-12)은 될 수 있는 그런 삶이다. 삶은 죽음이지만 힘찬 죽음이어야 한다. 거기에서 미묘한 그의 상반 어법이 생겨난다. 싱싱한 밤, 활기찬 주검(1-17), "음울하고 서러운 늑대의 울음"으로 변한 병들고 "늙은 개의 짖음"(1-20), 힘차게 너펄거리는 거적(송장)(1-112) 등의 어법은 부정적인 죽음을 긍정적인 죽음으로 만들려는 시인의 노력의 결과이다. 어두운 밤은 번갯불이 터지고 천둥이 칠 때 싱싱해진다. 그 싱싱한 밤을 느끼는 것은 물론 시인이다. 그는 그의 두개골 안에 불타는 가시덤불의 거센 불길이 타오르는 것을 느낀다…… 그리고 "성욕 왕성한 흰 벌레들이 죽음을 진행중인 주검은 자갈치시장보다 활기차"다. 흰 구더기들이 살을 갉아먹는 주검은 흰 구더기들로 활기차다.

구더기들은 식욕 때문에 활기찬 것이 아니라 성욕 때문에
활기차다. 구더기들로 주검은 다시 태어날 것이다…… 살
은 하나도 없고, 털이 빠지고 홀쭉한 배를 들썩이며 가쁜
숨을 몰아쉬는 늙은 개는 돌연 시커먼 늑대의 울음을 운
다. 죽음은 왜소함을 거대함으로 바꾼다…… 그리고 늙은
이들만 남아 청동화로에 숯불을 담고 군불을 지피며 추위
를 견디는 산기슭에서 거적들이 힘차게 펄럭인다. 그래도
살아야 한다라는 신호일까? 송장들을 건사할 거적들은 힘
차게 펄럭인다…… 이런 류의 상반 어법들이 낳는 효과는
놀라움이다. 썩어질 것이 썩지 아니하고 사라질 것이 사
라지지 않으니 놀라지 않을 수가 없다. 시인이 보는 세계
는 그 놀라움의 세계이다. 그 세계를 시인은 회복기의 환
자가 거울 속에서 마주치는 "놀라움의 광채"를 띤 세상
(1-25)이라고 말하고 있다. 시인은 놀라움의 광채를 띤
세상을 거울 속에서 만나는 회복기의 환자이다. 그가 죽
음의 위협에서 완전히 회복될 수 있느냐 없느냐 하는 것
은 놀라움의 세상을 그가 만들어 낼 수 있느냐 없느냐에
달려 있다. 그가 말로 만들어 낼 그 놀라움의 세상은

　　　소유하지 않은 세상 보석들이
　　　박혀 있는 하늘과
　　　철따라 보석들이 뒤바뀌는 풍경이
　　　풍성하고 아름다운 땅　　　　　　　　　　(1-24)

이다. 별이나 나무-꽃들을, 소유하지 않은 세상 보석으로 볼 수 있는 사람만이, 회복기에 접어들 수 있다. 일상인의 밋밋한 삶은 놀라움의 화려한 삶과 대립된다. 시인이 바라는 것은 물론 놀라움의 화려한 삶이다. 최승호에게 있어 특이한 것은 그의 놀라움의 삶이 일상인의 삶에서의 초월에 기초하고 있지 않다는 점이다. 그는 아름다움의 나라를 상정하는 것도 아니고, 초월자의 나라나 인공 낙원(예를 들어 환각제의 나라)를 꿈꾸지도 않는다. 그는 죽음의 세상을 껴안음으로써 삶-놀라움을 만들어 내려 한다. 항아리는 자기 속에 머리를 집어넣는 사람을 쉽게 잡아먹지 못한다는 것이다. 그가 만들어 낸 놀라움의 시구들이 그의 첫 시들을 구축하고 있음은 그래서 자연스러운 일이다. 보라, 시인은 산성비에 더 빨리 부식되고 구멍이 뚫려 가는 굵은 홈통에서 "죽은 이무기처럼 입을 벌리고 서 있는 홈통"을 보며(1-29), "상표가 화려한 통조림"에서 "국물에 잠겨 있는 송장 덩어리"를 본다(1-32). 통조림 속의 살코기는 송장 덩어리다. 그 끔찍한 인식! 그런가 하면 관광객들이 건너는 잔잔한 호수에서 그는 "배때기가 뚱뚱해진 쓰레기들의 엄청난 무덤"을 보며(1-33), 갈수록 곪아 가는 꿈의 자궁 속에서 "꿈 대신 엉뚱한 오리발"(1-60)을 본다. 꿈도 썩어 간다는 인식은 범상한 인식이 아니다. 더 나아가 그는 쥐치포를 보고 "불행의 포로수용소에 갇힌 이름 없는 숱한 사람들을 생각"하며(1-65), 통 속에서 혼자 "다리를 쪼그린 채" 울기 시작하는 "늙은

게"를 본다(1-67). 혼자 죽어 가는 것이 어찌 게뿐이겠는가. "끈적한 죽음의 그물 속에서 어기적거리며 늙어 가는 검정 거미"(1-98)도 그러하며, "죽음이 꿰뚫은" 북어들의 "대가리"(1-101), "약에 취한 듯" 낡은 날개를 떨며 "비틀거리는 잠자리"(1-117), 그리고 까마득한 어둠을 끌고 널찍하게 텅빈 밤의 하늘을 날아다니는 날개 큰 쥐들(1-57)도 그러하다. 심지어

> 검고 둥근 모자를 덮어쓴
> 뚱뚱한 유령들   (1-97)

이라고 시인이 부른 장독대의 항아리도 그러하다. 어둡고 검은 것들, 텅빈 것들, 썩어가는 것들은 다 그러하다. 그는 검고 텅 빈 썩어 가는 것들을 폭넓게 껴안음으로써 그것들을 놀라움의 광휘로 감싼다. 놀라움의 광휘, 놀라움의 화려함으로 감싸인 것들은 그 부정적인 성격을 많이 잃고 풍성하고 아름답게 빛난다. 그것들은 시인의 정신 속에서 아름답게 채색되었다는 점에서 관념적이지만, 초월적인 세계를 상정하지 않은 곳에서 채색되었다는 점에서 물질적이다.

> 그래도 아직 영혼만은
> 신비벽을 간직하고 있는 게 아닐까   (1-29)

라고 반문하면서도 시인은 그래서 인간을 "벌거벗겨"야 안심을 한다(1-29). 그 벌거벗겨진 인간을 통해 인간이 얼마나 한심한 삶을 영위하고 있는가가 돌연 부각된다. 그의 첫 시들의 어떤 것들이 강한 현실 비판의 모습을 보여 주는 것은 그 때문이다.

쥐치포를 보면서
집단적으로 벌거벗겨진 쥐치들을 생각한다   (1-64)

고 시인이 말할 때 그 쥐치들은 "불행의 포로수용소에 갇혀 있는" 모든 사람을 지시한다. 그 불행의 포로수용소에 갇혀 약한 연탄불에도 뒤틀리며 구워지는 쥐치들이야말로 우리 모두의 가능태이다.

그러나 최승호는 그 놀라움의 시학을 더 밀고 나가지 않는다. 놀라움의 시학으로 가득찬 그의 첫 시집 『대설주의보』를 지나 그의 두번째 시집인 『고슴도치의 마을』에 이르면, 놀라움의 광휘는 어느덧 사라지고 무심한 세상만이 눈앞에 나타난다. 시인은 오징어를 노래한 시에서

오징어를 먹기 전에
오징어의 바다를 뒤돌아보라
오징어가 죽든 살든 무심한 바다
출렁이는 거대하고 푸른 물북인 바다를   (2-94)

이라고 말한다. 죽어 미이라가 된 오징어와 그 오징어에 무관심한 바다의 대립은 바쁘게 죽어 가는 내 육체와(그의 서원 중의 하나 : 나는 결코 오징어처럼 죽어 미이라가 되지는 않겠다!) 무심한 세상의 대립과 상사를 이룬다. 내가 죽든 말든 세상은 내게 관심이 없다. 세상은 보다 더 널찍한 감옥일 따름이다.

> 꿈 밖에서 꿈속으로 들어가고
> 다시 꿈속에서 꿈 밖으로 기어나와도
>
> 나는
> 조금 더 널찍할 뿐인 감옥에
> 갇혀 있는 나를
> 보고 있었다   (2-103)

꿈이라는 감옥보다는 ── 꿈이 감옥이라니! ── 조금 더 널찍할 뿐인 현실이라는 감옥에 나(혹은 내 육체)는 갇혀 있다. 무심한 세상이나 조금 더 널찍할 뿐인 감옥은 내 죽음에 무관심하다. 그 세상에서 나는 "가위보다 더 덩지큰" 무력감에 사로잡혀 있다(2-102). 회복기 환자의 거울에 비친 놀라움의 광휘로 가득 찬 세상은 모든 것을 다 삼켜 거대한 배가 터지고 거기에서 어리둥절한 얼굴들이 쏟아져 나오는 초어라는 고기로 바뀐다. 놀라움과 어리둥절함은 아주 다른 감정의 질이다. 놀라움은 즐거움을 간직하고 있지만(감춰진 것을 찾는 것은 즐거운 일이다.), 어리둥절함은 그것을 간직하고 있지 않다. 어리둥절한 얼굴들은

지워져가는 꿈 같은 生에
이따금씩 빛깔을 드러내는 흔적   (2-55)

과도 같다. 이따금씩 빛깔을 드러내는 어리둥절한 얼굴들은 흔적이다. 그것은 곧 잊혀지고 지워진다. 곧 잊혀지고 지워질 흔적이기 때문에 얼굴들의 윤곽은 뚜렷하지 않다. 뚜렷하지 않은 윤곽을 뚜렷하게 만들기 위해 시인은 그의 기억 속의 사물들과 그 얼굴들을 결합시킨다. 예를 들어

추억은 황소의 胃를 지나는 여물들처럼
되새김질할수록 빛깔이 은은해진다   (2-68)

에서 추억은 황소의 위에서 되새김질되는 여물로 표현된다. 그런가 하면 낮에는 빛 푸른 나무로 보이는 것이 밤에는 창밖에서 나를 '노려보는 키 큰 털벌레들"(2-84)이다.

나는 아직 미치지 않았다
창밖에서 노려보는 키 큰 털벌레들은
해가 뜨면 또다시 빛 푸른 나무들로 변할 것이다

                                               (2-84)

시인은 나는 미치지 않았다고 외친다. 나는 다만 결합시킬 따름이다. 내가 만들어 내는 환상은 내 어리둥절함의 한 표현일 따름이다. 그래서 나는 나를 북어로 보고(2-84), 은하수를 "발광오징어"로 본다(2-106). 그 결합은 그러나 놀라움을 낳지는 않는다. 놀라움을 낳지 않기 때문에 그 결합은 때로 과장처럼 보인다. 윤곽이 없는 것에 윤곽을 주려면 과장하는 수밖에 없지 않을까? 그 과장의 과정에서 시인은 우리를 무섭게 하는 하나의 섬뜩한 이미지를 만난다. 그것은 변기-똥의 이미지이다. 이미지의 선을 따라가면 그것은 부패의 이미지가 만들어 낼 수 있는 것 중의 하나이다. 부패의 상상력은 똥에 이르러 그 끝을 마무리한다. 똥은 썩어 가는 것이 아니라 다 썩은 것이기 때문이다. 여하튼 『고슴도치의 마을』에서 돌연 튀어나온 변기-똥의 이미지는 최승호의 가장 중요한 이미지가 된다.

변기여,
내가 타일 가게에서
커다랗게 입 벌린 너를 만났을 때
너는 구멍으로써 충분히
네 존재를 주장했다
마치 하찮고 물렁한 나를
혀 없이도 충분히 삼키겠다는 듯이
네가 커다랗게 입을 벌렸을 때

나는 너보다 더 크게 입을 벌리고
내 존재를 주장해야 했을까
뭐라고 한마디 대꾸해야 좋았을까
말해봐야 너는 귀가 없고 벙어리이고
네 구멍 속은 밑빠진 盧구렁인데   (2-16~17)

변기는 커다랗게 입을 벌리고 있다. 그의 입은 큰 구멍이
다. 그 구멍은 밑 빠진 허구렁이다. 구멍은 어린아이들의
놀이 대상이다. 그 속에 무엇이 들었을까 하는 궁금증이
구멍 놀이의 심리적 근거다. 또한 그것은 결여의 표상이
다. 구멍은 그것을 막고 싶다는 욕망을 불러일으킨다. 그
래서 옹이 같은 곳에 우리는 엄지손가락을 넣어 그것을
막아 보려 한다. 최승호의 변기는 그런 류의 구멍이 아니
다. 그 구멍은 밑 빠진 구멍이어서 무엇이든 한없이 삼킨
다. 그것은 막을 수가 없는 구멍이다. 막을 수가 없기 때
문에 그것은 항상 열려 있다. 무엇이 그곳에 들어가건 그
곳은 열려 있다. 그 변기와 다른 변기도 있을 수 있다.
그것은 제주도에서 볼 수 있었던 변기이다. 변기 속에서
돼지들이 사육되던 제주도의 변기는 똥과 돼지들의 울음
으로 이뤄져 있다.

고통은 위에서 풍성하게
너털웃음 소리로 쏟아지는 똥이요
치욕은

변소 밑 돼지들의 울음이라고   (2-16)

변기에서 검은 혓바닥이 소리친다. 똥은 고통이고 울음은
치욕이다. 다시 말해 부패는 고통이고 그 찌꺼기를 먹는
것은 치욕이다. 그 제주도식 변기는 그러나 시인의 시에
서 곧 사라지고 그의 시에는 서구식 변기만이 나타난다.
농경민의 변기 대신, 산업사회의 차가운 변기가 그의 상
상력을 지배한다. 그의 상상력 속에서 우리는

줄을 아무리 잡아당겨도
구원은커녕 좀처럼 씻겨 내려가지 않는
악마 같은 똥덩어리   (2-28)

이며, 그 똥을 힘껏 떠밀어 변기의 구멍 깊숙이 쑤셔 넣
는 똥막대기는 희귀한 성자이다. 그 성자는

더러움 앞에서 쩔쩔매며
꼼짝없이 당하는 억울한 고통을 덜어주기 위해서
수난당하는 사람들을 위해서
자신은 아무리 똥칠이 되어도
아무것도 원하지 않고
아무것도 두려워하지 않는
6尺의 똥막대기   (2-28)

이다. 그는 죽음을 껴안음으로써 죽음을 뛰어넘어 보려
한 놀라움의 시학의 연장선 위에 있다. 그는 더러움을 껴
안음으로써 더러움을 이겨내 보려는 시인의 한 표상이다.
그러나 그 성자는 다시 그의 시에 나타나지 않는다. 나타
나는 것은

군것질처럼 공허한 性
오징어의 먹물주머니와 빛나는 변기   (2-73)

들이다. 성은 군것질처럼 공허하고(시인에 의하면 군것질
은 밑 빠진 시간을 잠시 때우는 짓이다.), 사람들은 먹물을
뿜어 자신을 감추는 오징어처럼 자신을 감추며(시인의 상
상력 속에서 사람은 흔히 오징어로 비유된다. 오징어가 사람
만큼이나 많은 곳에서 그는 살았나 보다. "지루한 혀가 기억
하는 오징어"라는 시구를 보라.), 부패를 먹는 변기는 빛난
다. 그런 것들을 절망적으로 묘사하며 시인은 그래도 아
직은 꿈꾼다.

잎사귀 달린 詩를, 과일을 나눠주는 詩를
언젠가 나는 쓸 수도 있으리라 초록과 금빛의 향기를
뿌리는 詩를   (2-109)

그는 그러나 그런 시를 끝내 쓰지 못한다. 그가 쓸 수 있
는 것은 공허한 것들뿐이다.

마침내 나는 그의 가장 좋은 시집인 『진흙소를 타고』에 이른다. 그 시집을 지배하고 있는 것은 암울한 변기의 세계관이다. 사람은 무인칭으로 사물화되고, 사람이 나온다 하더라도 곧 썩어 문드러질 늙은이들만이 나온다. 무인칭의 모범 가정을 시인은 이렇게 묘사한다.

> 아내는 설겆이 통 속의 그릇들을 썻고 있고
> 남편은 이리 뒤적 저리 뒤적 신문을 방바닥에 펼쳐 놓고
> 숨은그림찾기를 하고 있다. 국어 책을 큰 목소리로 읽는
> 아들의 발성 연습, 딸애의 가계부 정리, 산수를 잘 해
> 야지,
> 텔레비전에선 뉴스 시간에 복권 당첨 번호를 보도한다
>
> (3-14)

이 행복한 가정을 둘러싸고 있는 것은 발효하는 시체의 냄새다. 발효하는 시체의 냄새 속에도 수많은 모범 가정이 있다. 부패의 냄새를 못 맡게 하는 것은 무인칭의 왜소함이다.

> 무덤 속의 무인칭들은 갈수록 썩으면서
> 끙끙거리기는 하지만
> 밖으로 기어나갈 엄두를 내지 못한다   (3-14)

그 왜소함의 울타리 속에서 무인칭은 편하게 삶을 영위

한다. 그렇다고 부패의 냄새가 사라지는 것은 아니다. 모든 것은 썩어가고 문드러진다. 그것을 시인은 나비가 못되고 통조림 속에 죽어 있는 번데기로 표상한다.

우화(羽化)의 길 위에서 통째로 삶아져
나체로, 침묵으로, 움츠린 몸뚱이로
항거하는 번데기 통조림 속의 나비떼, 나비떼!

(3-27)

나비가 되었을지도 모를 번데기들이 "통째로 삶아져" 통조림 속에 누워 있다. 통조림 속의 나비떼는 국물 속의 송장 덩어리라는 이미지의 변환이지만, 그 울림은 훨씬 징그럽고 고통스럽다. 나비떼와 같이 통조림되어 있는 것은 꿈이기 때문이다. 나비가 되고 싶다는 꿈을 삶아 버린 통조림은 고통스럽다. 아니 증오스럽다. 그 통조림된 나비 중의 하나가 뒷간에서 태어나 거기에서 죽은 아이이다.

나오자마자 몸 나온 줄 모르고 죽었으니
생일일 바로 기일(忌日)이다
변기통에 붉은
울음뿐인 생애,
혹 살았더라면 큰 도적이나 대시인이 되었을지
그 누구도 점칠 수 없는

(3-12)

한 여인이 뒷간에서 아이를 낳는다. 아이가 세상에 나왔다고 울음을 터뜨린다. 어머니는 애가 무서워 얼굴을 손으로 덮어 애를 죽인다. 동네 사람들이 그녀를 고발한다. 아이는 나오자마자 죽었으니 생일이 바로 기일이다. 변기엔 붉은 핏덩이뿐이다. 그리고 그의 울음 소리. 살았더라면 그는 큰 도적이 되었거나 큰 시인이 되었을지도 모른다. 그는 번데기로 통조림된 나비 중의 하나이다. 그의 일생은 단 석 줄로 요약될 수 있다.

거기에서 떨어져
변기통에 울다가
거기에 잠들었다.   (3-13)

그 석 줄의 시구는 그의 변기의 세계관을 잘 요약하고 있다. 인간은 변기에서 태어나 거기에서 울다가 거기에서 죽는다. 인간은 변기 위에서 해체되는 똥덩어리이다.

조금씩 떠밀려 가는 이 느낌
이제 나는 하찮고 더럽다
흩어지는 내 조각들 보면서
끈적하게 붙어 있으려 해도
이렇게 강제로 떠밀려 가는
변기의 생   (3-48)

변기 위에서 무인칭은 자기가 조금씩 떠밀려 가는 것을 느낀다. 그 느낌은 자신이 더럽고 하찮은 것이라는 인식을 낳는다. 그는 더럽고 하찮기 때문에 해체되고 있다. 나는 조각이 나 흩어진다. 나는 변기에 붙어 있으려 해도 붙어 있을 수가 없다. 나는 떠밀려 간다. 나는 사라진다. 나는 없다. 그것이 내 변기의 삶이다. 아니 우리 저마다의 변기의 삶이다. 나비의 꿈은 어디로 갔는가? 그 꿈 역시 해체되어 사라진다. 그렇다면 나는 똥자루에 불과한 것일까? 그렇다, 나는 속이 텅 빈 변기에 불과하다.

> 자루의 밑이 터지면서 쓰레기들이 흩어진다, 시원하다.
> 홀가분한 자루, 퀴퀴하게 쌓여서 썩던 것들이
> 묵은 것들이 저렇게 잡다하게 많았다니 믿기 어렵다.
> 위에도 큰 구멍, 밑에도 큰 구멍, 허공이 내 안에
> 있었구나. 껍데기를 던지면 바로 내가 큰 허공이지.
>
> (3-68)

나는 무엇이든 받아들이는 입 큰 변기이다. 아니 나는 허공이다. 내가 나를 채울 수 있는 것은 썩어 가는 쓰레기뿐이다. 그의 시를 채우고 있는 것들은 전부 쓰레기들이다. 늙고 병든 늙은이, 가마솥의 개, 오징어, 거미, 낙타, 북어, 쥐치…… 당차고 씩씩하고 싱싱하고 아름다운 것은 하나도 없다. 있는 것은 쓰레기들뿐이다. 이 세상에서 쓰레기들만을 보는 자신의 세계관을, 시인은 거대한

변기의 세계관이라고 부르고 있다. 그것은 끔찍스럽다. 그것은 편안하게 모범 가정을 이뤄 살아가려는 내 의식을 견딜 수 없게 고문한다. 이 썩어 문드러질 육체를 갖고 너무 안달하지 말라, 라고 시인은 말한다. 나는 못 들은 체한다. 그러나 그 소리는 내 의식 밑바닥에 꽉 달라붙어 있다. 너는 죽는다. 네 죽음이라는 구멍은 그 무엇으로도 메울 수가 없다. 그런 끔찍한 전언을 35세의 시인이 보내고 있다. 나는 너무 오래 살았다!

(필자 : 서울대 교수·문학평론가)

최승호

1954년 춘천에서 태어났다.
1977년 《현대시학》으로 등단했으며
1982년 오늘의 작가상, 1985년 김수영 문학상, 1990년 이산문학상,
2000년 대산문학상, 2002년 현대문학상, 2003년 미당문학상을 수상했다.
시집으로 『대설주의보』, 『고슴도치의 마을』, 『진흙소를 타고』,
『세속도시의 즐거움』, 『회저의 밤』, 『반딧불 보호구역』,
『눈사람』, 『여백』, 『그로테스크』, 『모래인간』,
『아무것도 아니면서 모든 것인 나』, 『고비』가 있다.

진흙소를 타고

1판 1쇄 펴냄 1987년 4월 15일
1판 7쇄 펴냄 1995년 5월 1일
2판 1쇄 펴냄 2007년 4월 20일
2판 2쇄 펴냄 2021년 8월 16일

지은이 최승호
펴낸이 박근섭, 박상준
펴낸곳 (주) 민음사

출판등록 1966. 5. 19. 제16-490호
서울특별시 강남구 도산대로1길 62(신사동)
강남출판문화센터 5층(우편번호 06027)
대표전화 02-515-2000 / 팩시밀리 02-515-2007
www.minumsa.com

ISBN 978-89-374-0535-8 03810

* 잘못 만들어진 책은 구입처에서 교환해 드립니다.